AF455618

LE FAUX IBRAHIM,

CONTE ARABE,

ET

LE RÊVE IMPATIENTANT,

CONTE FRANÇOIS,

SUIVIS

DES RÉFORMES DE L'AMOUR,

ET PRÉCÉDÉS

De quelques Réflexions ſur MONTESQUIEU.

Par Dorat.

A PARIS,

Chez DELALAIN, Libraire, rue & à côté de l'ancienne Comédie Françoiſe.

M. DCC. LXXVII.

AVANT-PROPOS,

OU

RÉFLEXIONS SUR MONTESQUIEU.

L'IDÉE du Conte d'Ibrahim eſt tirée des Lettres Perſanes ; mais j'ai été obligé d'y faire des changemens conſidérables. Il m'a fallu jetter des ombres ſur quelques nuances trop prononcées dans l'original. En un mot, la forme eſt de moi : le fond appartient à MONTESQUIEU.

A ce nom que l'humanité ſemble avoir conſacré dans ſes faſtes, je ne puis me défendre de ce tribut de reſpect, de reconnoiſſance & d'admiration que l'on doit à ces Mortels privilégiés & rares, qui levent un coin du voile dont s'enveloppent les vérités, étendent le champ de la morale, éclairent le dédale de la politique, démêlent les fils de l'administration, affermissent la base du bonheur public, & reculent les bornes de l'esprit humain. MONTESQUIEU est vraiment grand, parce qu'il fut simple, bon & utile.

C'ÉTOIT du bien, non du bruit qu'il vouloit faire.

IL n'avoit point cette vanité inquiete, dont l'ambition se borne à une célébrité soudaine & fugitive, qui atteste, par son éclat même, la fragilité de son principe.

IL renfermoit en lui cet orgueil généreux qui enfante le sublime, se joue des obstacles, voit son prix dans l'avenir, résiste aux persécutions, n'apperçoit pas l'envie, & se nourrit par la bienfaisance. Averti de son immortalité par ce je ne sais quel instinct qui explique le secret des efforts surnaturels, des travaux illustres & des grandes infortunes; MONTESQIEU, si j'ose m'exprimer ainsi, ne comptoit plus avec le temps. Il n'étoit point pressé de jouir; il voyoit devant lui des siecles de gloire, qui ne pouvoient lui échapper.

LES hommes supérieurs sont patiens. La haine a beau s'agiter autour d'eux, ils la fatiguent par leur calme. Quand les frêles appuis de leurs Contemporains leur manquent, ils recueillent leurs forces, se créent par la pensée un Univers nouveau, se replient sur eux-mêmes, & marchent à leur but.

C'EST dans le silence de la retraite, & non dans le tumulte des Cercles à la mode, qu'il jetta les fondemens de cet édifice immense, qu'il n'acheva que dans le cours de vingt années. Quel génie n'a-t-il pas fallu pour envisager sous un seul point de vue, & faire découler d'un seul principe, tant de rapports éloignés, pour assujettir à un plan général la différence des climats, des mœurs, des Gouvernemens; pour tenir dans sa main cette chaîne mystérieuse qui, comme celle des Dieux d'Homere, cache dans les Cieux une de ses extrémités, tandis que l'autre se divise en mille anneaux, serpente de toutes parts sur la surface du Globe, & finit par embrasser tous les Peuples de l'Univers! Avec quelle hardiesse il établit cette dépendance alternative de tous les Êtres, qui, séparés par des Mondes, obéissent, sans le savoir, à la sympathie secrette qui les rapproche!

Il concevoit fortement, & il exprime de même. Il n'a point ce coloris vague, dont le bel esprit enlumine ses connoissances de la veille. Sa diction est énergique comme sa pensée. Son style n'étincelle point, il échauffe. Ce sont des idées qui se pressent, non des mots qui s'arrangent. Nerveux, rapide & saillant, c'est un Athlete toujours en attitude; & ce que Tacite est pour l'Histoire, il l'est dans la Politique & la Philosophie.

Il ne se contentoit pas des lumieres de l'esprit, il y joignoit la bonté du cœur, cette bonté affectueuse, ce sentiment céleste & pur, qui éleve l'homme au-dessus même de la gloire. Il aimoit ses semblables; il pardonnoit à leurs foibleſſes. Environné d'Admirateurs, il vouloit des Amis. Il étoit doux, ſenſible & modeſte: il avoit l'ame d'un Philoſophe.

VOICI comme il s'explique lui-même, & c'eſt, je crois, le langage de la véritable ſageſſe.

» PLATON remercioit le Ciel, de ce qu'il
» étoit né du temps de Socrate; & moi, je
» lui rends graces de ce qu'il m'a fait naître
» dans le Gouvernement où je vis, & de ce
» qu'il a voulu que j'obéiſſe à ceux qu'il m'a
» fait aimer. Je n'écris point pour cenſurer
» ce qui eſt établi... Si je pouvois faire en
» ſorte que tout le monde eût de nouvelles
» raiſons pour aimer ſes devoirs, ſon Prince,
» ſa Patrie, ſes Loix; qu'on pût mieux ſen-
» tir ſon bonheur dans chaque Pays & dans
» chaque Gouvernement, dans chaque poſte
» où l'on ſe trouve, je me croirois le plus
» heureux des Mortels.

» SI je pouvois faire en ſorte que ceux
» qui commandent, augmentaſſent leurs
» connoiſſances ſur ce qu'ils doivent preſcrire,

» & que ceux qui obéiſſent, trouvaſſent » un nouveau plaiſir à obéir, je me croirois » le plus heureux des Mortels.

» JE me croirois le plus heureux des Mor- » tels, ſi je pouvois faire que les Hommes » puſſent ſe guérir de leurs préjugés. J'ap- » pelle ici préjugés, non pas ce qui fait qu'on » ignore de certaines choſes, mais ce qui » fait qu'on s'ignore ſoi-même.

QUELLE ſimplicité touchante, & cependant quelle hardieſſe dans les idées! La bagatelle dont il m'a fourni le ſujet, eſt un titre de plus pour conſtater à mes yeux ſon étonnante ſupériorité. Sublime comme Platon, comme lui il ſacrifioit aux Graces. Le même génie qui avoit conçu le plan de l'Eſprit des Loix, ſe repoſe ſous les ombrages de Gnide, en deſſine les boſquets, égare Thémire dans des labyrinthes de roſes, & le pinceau vigoureux de Raphaël emprunte la molleſſe ſuave de celui de l'Albane, pour peindre les foibleſſes de l'Amour, l'expreſſion brûlante du deſir, ou le ſilence de la volupté.

LE FAUX IBRAHIM,

CONTE ARABE.

DANS un certain Arabe, Auteur très-véridique,
J'ai lu qu'un certain Turc, (Ibrahim est son nom)
De jalousie avoit un tel renom,
Que dans son genre il étoit presque unique;
Trop despote d'ailleurs pour entendre raison.
Il possédoit douze femmes très-belles.
Douze!... à moins, ce me semble, on peut être agité.
Murs, verroux, surveillans, inventions nouvelles,
Rien ne tranquillisoit ses alarmes cruelles
Et son active austérité.
Elles ne pouvoient même entr'elles
Se voir ni se parler: il les tenoit sous clé.
Dès qu'une mouche avoit volé,
Ses yeux de fureter & d'être en sentinelles.
Dans son Sérail gardé de toutes parts,
Et défendu par de triples remparts,

Son ordre un jour les avoit réunies.
Soudain une des plus hardies,
Laſſe d'un joug trop rigoureux,
Lui reproche, en pleurant, ſes ſombres jalouſies;
Et ſon orgueil farouche, & leurs deſtins affreux.
Mais, loin de fléchir ſa colere,
Et d'amollir ſon cœur d'airain,
Les reproches, les pleurs firent l'effet contraire.
En vain elle veut fuir; il ſe leve, & ſoudain
Tirant ſon large cimeterre,
Il court le plonger dans ſon ſein.
» Mes compagnes, mes ſœurs, ceſſez d'être affligées,
» Dit-elle alors d'une mourante voix.
» S'il eſt un Être juſte, il vous rendra vos droits:
» Je meurs contente, & vous vivrez vengées.

Son ame s'échappe à ces mots,
Quitte cette vie orageuſe,
Et va, dans les douceurs d'une retraite heureuſe
Jouir d'un éternel repos.
Zuléma (c'eſt le nom de l'aimable habitante
De ce nouvel Eden à ſes yeux préſenté),
Découvre un bocage où ſerpente

Un fleuve au cryſtal argenté,
Et s'avance, en ſuivant ſon inſenſible pente,
Vers les détours ſecrets d'un aſyle enchanté.
Elle parcourt enſuite une vaſte prairie
Que coupent des buiſſons de myrte & de jaſmin;
L'aubépine embaumée au lierre s'y marie;
L'arbuſte, aux fruits dorés, fleurit ſur le chemin:
Flore en ces lieux à Pomone eſt unie,
Et ſourit au zéphir, ſa corbeille à la main.
Errante ſur ces bords, ſolitaire & ravie,
Elle apperçoit, enfin, un Palais s'élever,
D'une Architecture hardie,
Ouvrage immenſe du génie,
Que le goût ſeul put achever.
Des voluptés inépuiſables
Y rappellent toujours les volages deſirs,
Et, dans des boudoirs délectables,
Où 'opale étincelle au milieu des ſaphirs,
Notre jeune Houri, jettant quelques ſoupirs,
Voit des Mortels divins, charmans, incomparables,
Que l'on deſtine à ſes plaiſirs.
Les uns, détachant ſa parure,
Font tomber à l'envi les voiles envieux

Interposés entre leurs yeux,
Et cent trésors secrets formés par la nature :
D'autres la mettent dans le bain,
Et parfument de mille essences
L'albâtre éclatant de son sein.
Ici, ce sont d'aimables danses ;
Là des festins ; plus loin, c'est encor mieux:
Les concerts qui se font entendre
Sont d'autant plus délicieux,
Que la musique en est plus tendre.
Tant de plaisirs si ravissans,
Donnés, reçus, renouvellés sans cesse ;
De Zuléma plongent l'ame & les sens
Dans la plus agréable ivresse,
Précipitent ses jours en rapides momens ;
Et, pour l'éterniser, variant son délire,
Semblent par degrés la conduire
A de plus doux enchantemens.

En un clin d'œil on l'emporte, & pour cause,
Sur un lit que surmonte un dais,
Où tout se reproduit par le jeu des reflets,
Et dont le ciel élégamment repose

Sur des appuis de lilas frais,
Et sur des colonnes de rose.
C'est-là qu'un jeune Amant, le plus cher à ses vœux,
Alcide par la force, Adonis par les charmes,
S'élance avec ardeur dans ses bras amoureux,
Et l'invite bientôt à lui rendre les armes.
Une humide vapeur se répand sur ses yeux.
Foible, ne voyant plus, & respirant à peine:
» Où suis-je, dit-elle, quels feux
» Jusqu'à mon cœur coulent de veine en veine?
» Que vais-je devenir?.. eh bien!.. je me soumets.
» Non,.. j'expire... arrêtez; je vous demande grace,
» Car je vois bien à votre audace
» Que vous n'en demandez jamais. »

On lui cede, elle est obéie
Mais à regret: l'ardent rival des Dieux,
D'autant plus empressé, qu'elle en est embellie,
Voudroit savoir si l'ordre est sérieux,
Ou s'il n'est qu'une fantaisie.
Elle s'endort languissamment
Dans ses bras enlacés pour soutenir sa tête:
Ce repos sera court; la treve est d'un moment.

Elle ſe plaint, même en dormant,
Du ſommeil jaloux qui l'arrête.
Deux baiſers enflammés lui font ouvrir les yeux
Que mollement rabat leur tendre laſſitude.
» J'ai, dit-elle, une inquiétude.
» Votre cœur.. ah! je crains qu'il ſoit moins amoureux...

» QU'AI-JE dit?.. Ciel!..pardon, je ſuis déſabuſée :
» Comment ſoupçonner votre amour?
» Vous avez un ſecret qui rend la preuve aiſée,
» Et votre ſentiment eſt plus clair que le jour.
» Quoi! penſez-vous encor que j'héſite à vous croire?
» Hélas! de me perſuader
» Vous voulez, je le vois, vous aſſurer la gloire,
» Et punir le ſoupçon que j'oſois haſarder.
» Puniſſez... puniſſez!.. Un Eſclave fidele,
Au moment où l'Aurore a doré les lambris,
L'entraîne & le ramene en de ſecrets réduits,
Où de ſages vieillards vont le garder pour elle.
Dans un ſimple déshabillé,
Elle reçoit une Cour idolâtre;
Son ſein n'eſt qu'à demi-voilé:
Autour d'elle l'Amour folâtre,
En ſortant de l'alcove où ſes feux ont brillé.

Zuléma voit les ris éclore ſur ſes traces :
Le charme de ſa nuit dans ſes regards ſe peint ;
Il donne du piquant, de la vie à ſon teint,
De l'ame à ſon ſourire, & du luſtre à ſes graces.
Parmi des tourbillons d'encens,
Loin des tributs & des tranſports vulgaires
Voilà comme à ſes pieds elle enchaîne le temps.
Tantôt des honneurs éclatans,
Tantôt des plaiſirs ſolitaires.
Admirée ou chérie, elle quitte à ſon gré
La pompe des Palais, pour l'ombrage d'un hêtre,
Et le lieu le plus décoré,
Pour la grotte la plus champêtre.
Fait-elle un pas ? l'Univers eſt paré :
De tout elle eſt maîtreſſe, & l'Amour eſt ſon maître.
Depuis qu'en ces ſuperbes lieux
Le ſort fixa ſes deſtinées,
Elle voit fuir ſes heures fortunées
Que l'Amour embellit, & qu'emportent les jeux.
Ils comptent par inſtans, & jamais par années.
Un ſiecle vole, alors qu'il eſt heureux.

De ſon bonheur, trop continu peut-être,
Ses eſprits en tumulte à tel point ſont frappés,

Qu'ils en ont jusqu'alors joui sans le connoître.
Pour être recueillis, ils sont trop occupés.
Zuléma n'avoit point, dans cette effervescence,
Ce trouble des desirs, ces orages charmans,
Ce rapide abandon de sa douce existence,
Pu rencontrer encor un seul de ces momens,
Où l'ame s'interroge & s'écoute en silence.
Elle y parvient enfin. Au fond de son Palais,
Seule un jour elle se retire;
Ses sens moins agités, sont-ils moins satisfaits?
C'est son cœur seul qui peut le dire.

Quoi qu'il en soit, réfléchissant
Aux plaisirs qu'elle éprouve, à ceux qu'on lui prépare,
Avec délice elle compare,
Et ses premiers ennuis, & son bonheur présent.
Livrée au cours de ses pensées,
Elle se rappelle le sort
De ses Compagnes délaissées,
Qui peut-être ont pleuré sa mort.
A cette image, elle verse des larmes;
Et, dans ce souvenir, quoi qu'il soit douloureux,
La sensibilité lui fait trouver des charmes.

Son

Son cœur est tendre, il sera généreux.
Elle ne borne point ses vœux
Aux vagues mouvemens d'une pitié stérile;
Et, pour que ses beaux jours soient encor plus heureux,
A l'infortune elle veut être utile.
Le dessein en est pris, reste à l'exécuter.
Elle commande en conséquence
A l'un des demi-Dieux qui sont en sa puissance,
De servir ses vœux, d'emprunter
Tous les traits d'Ibrahim, objet de sa vengeance;
De s'ouvrir son Sérail, & de s'y présenter
De l'en bannir avec audace:
Bref... d'y figurer à sa place;
Mais de ne jamais l'imiter.

Elle dit: & soudain, le Sylphe, plus agile
Que le Zéphir ne l'eût été,
Disparoît sous l'azur d'un nuage mobile,
Et des airs ondoyans parcourt l'immensité.
Au Sérail d'Ibrahim, & pendant son absence,
Le voilà qui descend avec légereté.
Il frappe... on ouvre; on tremble à sa présence;
Il court vers les appartemens
Où les femmes sont renfermées,

Tendres fleurs presqu'inanimées,
Et qui séchoient dans les tourmens.
Il entre ... de son port elles restent surprises,
Et le sont encor plus de ses empressemens,
De ses galantes entreprises.
Il se fait un plaisir de leurs étonnemens,
(Ces malices-là sont permises),
Et montre à son retour, tant de capacité,
Qu'elles l'auroient pris pour un songe,
Si l'on pouvoit allier le mensonge
Avec autant de vérité.

Ibrahim cependant heurte, se nomme, crie.
Après bien des difficultés,
Il paroît plein de rage, & plein de jalousie :
Les Eunuques tremblans errent de tous côtés.
Mais Dieu! de quel effroi ses sens sont agités,
Quand il vient à se reconnoître
Sous les traits qu'on offre à ses yeux;
Et voit un Ibrahim contentant tous ses vœux,
Avec les libertés d'un Maître!
Il appelle au secours, & n'est point obéi:
Par un tel imposteur qui ne seroit trahi?
C'est lui qui regne sur les ames:

L'autre n'a qu'un recours bien fragile, & bien vain,
C'eſt de prendre les voix, & de qui ? de ſes femmes.
A quels garans vas-tu confier ton deſtin ?
Ah ! pauvre Ibrahim, quels refuges !
Ton fortuné Rival, dont le droit eſt certain,
En moins d'une heure a ſéduit tous tes Juges,
Et te voilà déchu par la loi du ſcrutin.
C'en eſt fait : on le chaſſe avec ignominie.
Le cordon des Muets eût puni ſa fureur,
Si, par bonté, ſon aimable Vainqueur
N'eût ordonné qu'on lui ſauvât la vie.
» Oui, je ſuis Ibrahim, & ce nom m'eſt bien doux,
» S'écria-t-il alors, d'un ton plus volontaire :
» Meſdames, prononcez, je m'en rapporte à vous :
» Si j'ai peu fait pour être votre époux,
» Apprenez-moi ce qu'il faut faire.

» Ah ! dirent-elles à leur tour,
» Suivez vos hautes deſtinées,
» Et comptez ſur nos cœurs, éclairés par l'Amour :
» Vous êtes plus Ibrahim en un jour,
» Qu'il ne le fut en dix années.
» Le traître ! il mérita de nous être en horreur :

» Oui, c'eſt un ſentiment, & non pas un caprice :
» On peut juger de l'injuſtice
» Par les procédés du Vengeur.
» Mais s'il revient, conſeillez-nous : que faire?

» Mal-aiſément, dit-il, on pourroit vous tromper,
» Et par la ruſe on ne ſe ſoutient guere
» Dans le rang que j'oſe occuper.
» D'ailleurs, je l'enverrai ſi loin de cet aſyle,
» Qu'il prendroit, pour vous nuire, une peine inutile.
» Je veillerai pour lors au bonheur de vos jours.
» Votre nouvel Epoux qu'un tendre ſoin agite,
» Sans exiger jamais veut être aimé toujours;
» Et je préſume aſſez de mon mérite
» Pour attendre de vous de très-chaſtes amours.
» Ces prétentions-là ne ſont pas orgueilleuſes.
» Avec moi, ſoit dit entre nous,
» Si vous n'étiez pas vertueuſes
» Avec qui donc le feriez-vous?

Ne ſongeant plus dès-lors aux traits de reſſemblance
Qu'entre les Ibrahims on pouvoit rencontrer,
Elles ne s'occupoient que de leur différence,
Et ſe ſoucioient peu, je penſe,

Que sur le reste on vînt les éclairer.
Le banni cependant leur apparoît encore,
Plus furieux & plus désespéré,
Cherchant quelque remede au feu qui le dévore.
Il trouve à chaque pas son malheur avéré,
L'esprit d'indépendance, un luxe qui l'étonne.
Quant à ses droits, un éternel procès,
Et des femmes, on le soupçonne,
Plus incrédules que jamais.
De ce séjour impraticable
Il sort enflammé de courroux;
La place n'étoit point tenable.
Un Sérail au pillage est l'enfer d'un jaloux.

L'INSTANT d'après, ô prévoyance!
Son Représentant qui le suit,
Au haut des airs, en diligence,
Vous le transporte à petit bruit.
Dans ces vastes déserts il avance, il avance:
Déjà le Capricorne à ses yeux s'est montré;
Ils renouvellent connoissance,
Et, par un intervalle immense,
Des rives du Bosphore il se voit séparé.

Ciel! quel désastre pour ces Dames!
Leur cher Ibrahim est absent,
Et laisse un vuide affreux dans le fond de leurs ames. . .
On a vu qu'il savoit se rendre intéressant.
Les Eunuques déjà reprennent
Leur premiere sévérité ;
Dans leur prison ils les retiennent :
Plus d'Ibrahim, & plus de volupté.
O bonheur! il revient, & revient plus aimable.
L'effroi pourtant fait place à des momens si doux.
Si l'on se méprenoit, si c'étoit l'autre Epoux!
Mais le faux prouve encor qu'il est le véritable.
Bientôt dans leur esprit il n'est plus d'embarras :
Il aime à dissiper jusqu'au moindre nuage ;
Et même il ne leur paroît pas
Qu'il ait souffert dans son voyage.

Le nouveau Maître à son retour,
Dans le Sérail établit la réforme :
C'est un Sultan cher à l'Amour,
Car il ne l'est que pour la forme.
Il proscrit les Muets, tristes exécuteurs
De l'autorité vengeresse ;

Puis ces vilains Argus, à la langue traîtresse,
Qui des desirs trompés n'ayant que les fureurs,
Font à l'Amour plaintif expier leur sagesse.
Il ne sauroit souffrir de pareils serviteurs.
Les femmes d'applaudir, de bénir sa Hautesse;
En disant que sa garde est au fond de leurs cœurs,
Et qu'avec ses talens d'ailleurs,
Il doit être bien sûr de leur délicatesse.
Il fait plus : il consent, pour comble d'équité,
Que le sexe soit vu dans tout son avantage,
Et du voile interdit l'usage,
Comme un vol fait à la beauté.
Que craindroit-il de cette complaisance?
Il s'apprécie avec sécurité
Dans le fond de sa conscience;
Et c'est l'excès de la puissance
Qui rétablit la liberté.

LE RÊVE IMPATIENTANT,

CONTE FRANÇOIS.

Vous le dirai-je, ou non? Tirez-moi d'embarras.
Ce rêve eſt ſcandaleux, Meſdames.
Vous m'arrêterez, en tout cas,
Si le ſcrupule effarouche vos ames.
Que dis-je? A quoi bon ces débats?
Par le plus chaſte nœud n'étes-vous point liées?
Je vous crois toutes mariées.
Non, vous ne m'arrêterez pas.
J'ai rêvé cette nuit, & je vous le confie,
J'ai rêvé...... (juſques-là tout me paroît décent)
Que j'épouſois une fille jolie.
Corſage leſte, & minois agaçant,
Petite main, petite bouche,
Pied ſi mignon, qu'il eût rempli d'ardeurs
Le Mandarin le plus farouche,
Etoient pour moi des augures flatteurs.

De ces petits détails l'image encor me touche,
Car je suis, j'en conviens, dégoûté des grandeurs.

Le jour s'étoit passé comme un vrai jour de fête,
C'est-à-dire, assez tristement.
D'un avide regard dévorant ma conquête,
J'attendois toujours le moment.....
Du coucher ?-- pardon, oui, Mesdames,
Vous devinez, vous lisez dans les ames,
Et vous interprêtez les vouloirs d'un Amant.
Ne riez pas encor : croyez-moi, patience.
Vous voyez déja l'innocence
Aux prises avec le desir,
Et méditant une défense,
Qui meurt dans les bras du plaisir.
Je ne me pique pas, je dois en avertir,
D'une si grande diligence.
Remarquez avant, s'il vous plait,
Une épouse tremblante, un amant inquiet,
Des amis convoitant les charmes
Dont je vais avoir le secret ;
Murmurant, chuchotant, observant mes alarmes,
Prévoyant d'une Agnès le timide embarras,

Les refus attirans, les aveux délicats,
Des curiosités, des terreurs & des larmes,
Une lutte amoureuse, & d'aimables combats;
Du plaisir, de la peine, une pudeur secrette;
Et le triomphe & la défaite,
Et tout ce qui s'ensuit dans les premiers ébats.

Reste à réaliser ce qu'ici l'on soupçonne.
Minuit est déja loin.... Dieux! quel instant fatal!
Nous voilà, tenez, j'en frissonne,
Dans l'appartement nuptial.
Peut-être en ce moment mon effroi vous étonne;
Mesdames, chacun sent son mal,
Et le mien n'en fait à personne.

La foule a disparu, les lustres sont éteints.
Le flambeau de l'hymen, qui tient lieu des bougies,
Laisse échapper ses rayons clandestins,
Sur les graces d'Issé, par ses feux embellies.
Entre quatre rideaux, tête à tête charmant,
Aimable obscurité, voluptueux silence,
Voiles épars, droit de présence.....
N'est-ce pas que l'époux, doit alors être amant?
Une certaine effervescence,

Jointe à certain événement,
(Vous me voyez venir, je pense,)
Doit, dans une telle occurrence,
Déterminer le sentiment.
Il faut agir en conséquence,
Et c'est, je vous assure, un singulier moment.
Je tente les hasards; mais, s'il faut vous le dire,
Je n'étois pas fort triomphant.
Le moyen! avec une enfant,
On craint bien plus qu'on ne desire.
Tant bien que mal je lui parle pourtant,
Et l'entretien est fait pour la confondre.
Aussi j'avouerai franchement
Qu'elle n'étoit pas autrement
Impatiente de répondre.
Elle articuloit tristement,
Quelques demi-plaintes mourantes,
Puis quelques phrases défaillantes;
Puis quelques mots d'étonnement.
Moi, j'étois stupéfait. Au défaut de l'ivresse,
Des transports, du délire, & du ravissement,
J'ai donc recours à la tendresse.
Je fais des madrigaux, j'exalte l'amitié,

La confiance intime, & la délicatesse,
Les très-saints nœuds qui m'ont lié,
Les procédés de toute espece...;
Et tout cela faisoit pitié.
J'attendois, j'espérois, (il faut bien qu'on espere)
Quelques gestes plus hasardés,
Quelque attitude cavaliere,
Quelques traits un peu décidés,
Des révolutions, & des moyens de plaire.
Rien.-- « Ah! Dieu! quelle chûte!... rien!
Plaisantez-vous? quoi?--» rien, Mesdames;
Je le sais trop, ces traits-là sont infames:
A ma honte, ici, j'en convien;
Mais glissons sur la circonstance,
Elle n'est pas en mon honneur.
Dans un lit, faute d'assurance,
Si l'on procéde avec lenteur,
Dans un conte, il faut qu'on avance;
Je saisis, je prends une main,
Voilà-t-il pas qu'on la retire;
Je reprends un bras, on soupire.
Devroit-on soupirer en vain?
Avec un ruban je me joue;

Il eſt bon de tout ménager.
Je le derange, il ſe dénoue,
Sans que je paroiſſe y ſonger.
Combien de tréſors il recele!
Deux jolis globes arrondis,
Allans, venans, hors de tutele,
S'émancipoient ſous la main enhardis,
Et, pour le coup, l'ardeur étoit bien naturelle.
J'y comptois. Une émotion,
Qui, ſans mentir, avoit quelque apparence;
Par degrés affermit mon ton,
Et me rend preſque l'eſpérance.
Près du ruban, je dérobe un baiſer,
Et je guette toujours l'effet qu'il va produire,
Madame auſſi guettoit.... dépêchez-vous d'en rire.
Tout pour l'amour ſemble ſe diſpoſer;
J'en ſuis preſque au degré d'aimer à la folie:
Iſſé m'embraſſe avec vivacité;
Par mes preſſentimens je l'avois attendrie,
Et bonnement elle ſe fie,
A des ſignaux de volupté....
C'en eſt fait, je me crois à l'abri du reproche;
Je me ſurprends un air, une allure, un maintien,

Et tout à coup en vainqueur je m'approche.
Là... férieufement... comme on s'approche... rien. --
» Encor?--» encor.--» Savez-vous bien, Monfieur,
Que c'eft auffi trop peu de chofe ? —
Que voulez-vous ? fi l'on n'agit, l'on caufe ;
Mais de caufer, on n'étoit pas d'humeur.
» Vous m'excédez : permettez qu'on repofe, »
Me difoit-on avec affez d'aigreur.
J'entendois raillerie, & l'on en fait la caufe.
A ce calme odieux, enfin,
Succede une jufte colere ;
J'écarte les rideaux : un refte de lumiere,
Par un reflet moins incertain,
Me découvre Iffé toute entiere,
Et fa beauté confufe, & mon humble deftin.
Je m'obftine à vouloir changer de contenance.
Peu content du toucher, je laiffe agir les yeux.
Ma curieufe impatience
Contemple des appas dignes de l'œil des Dieux ;
Cet albâtre animé, que la pourpre nuance,
Des accords, des rondeurs, un enfemble amoureux,
Un coloris fi frais, des contours fi moëlleux,
Une fi douce négligence!

Ce charme, en ces momens, helas ! trop ménagé,
Trésor fait pour l'amour, mais que l'hymen partage,
Cet organe enchanteur, surpris d'être si sage,
Et si bien fait pour être interrogé !....

PAR l'objet s'émeut la puissance.
A cet aspect, vous vous en doutez bien,
Je ressens du desir la rapide influence ;
Mon espoir acquiert du soutien.
D'orgueil & de plaisir je palpite d'avance ;
J'ose, j'entreprends tout, j'aspire à tout, & .... rien.—
» Finissez donc votre songe effroyable ;
» Quelle horreur que ce rêve-là !
» Si vous veillez comme cela,
» Vous devez être un homme insupportable.

TOUT beau, Mesdames, calmez-vous.
Chut. Quel que soit votre courroux,
Le cas en songe est graciable.
Sans trancher de l'homme brillant,
Avec moi la beauté n'est jamais compromise.
Quoiqu'on n'ait pas un sommeil très-saillant,
Au besoin, toutefois, on est encor de mise.

Avant de m'endormir, mon amour très-parlant,
Avoit conduit Iſſé de ſurpriſe en ſurpriſe,
Et d'honneur, (car il faut que je vous tranquiliſe)
Je ne fus point muet en m'éveillant.

LES

LES RÉFORMES
DE L'AMOUR.
ÉPITRE A ZIRPHÉ.

MA foi, jeune Zirphé, puiſqu'on reforme tout,
Il faut qu'auſſi je m'en aviſe.
Les nouveautés ſont aſſez de mon goût,
Et je quittai Pſyché, comme je l'avois priſe.
Des têtes & des cœurs, me jouant tour à tour,
Je ferai, s'il me plaît, cent mille extravagances.
Je ne crains point les remontrances,
Car on n'en fait point à l'amour....
C'eſt un beau zele qui m'inſpire;
Il fera tout paſſer. Prenons garde pourtant.
Que faut-il reſpecter, & que faut-il détruire?
Comme Seigneur d'un grand Empire,
Je dois agir très-prudemment.

Mes Sujettes, aſſez ſouvent ;
Se ſont plaintes, avec juſtice,
De l'ennui qu'on éprouve à n'avoir qu'un Amant.
Il faut donc qu'on y refléchiſſe.
J'en paſſe deux pour le caprice ;
J'en permets trois au ſentiment.....
Zéphir, enregiſtrez, & que cela finiſſe.

Je ne prétends innover rien
Dans l'attelage de ma mere ;
Ses pigeons la menent très-bien,
Et l'on ſait que la Dame a fort ſouvent affaire.
Ils devancent le vol des plus légers amours ;
Et, d'ailleurs, ſur la route, ils ſe baiſent toujours.
C'eſt d'un très-bon exemple, & bien fait pour me plaire.
Je laiſſe à Mons Plutus, qui me le revaudra,
Ses petites maiſons, ſon faſte & cœtera.
Je ſais ce que je fais, & ſens les conſéquences :
Je n'ai garde de toucher là,
Car, Dieu ſait, quelles doléances !....
Si je m'entêtois à cela,
Et que j'allaſſe écorner ſes finances,
Je dérouterois la mi-là,

Les cabrioles, les cadences,
Et les vertus de l'Opéra.
Comme dans tous les tems j'aimai les Militaires
Que la victoire a couronnés,
Les cœurs ardens, les bras déterminés,
Je rétablis mes Mousquetaires.
Ils sont aimables & vaillans.
Mars qui n'est pas flatteur, leur a rendu justice;
Et moi, dans les combats galans,
Je fais grand cas de leur service.
Allons, Messieurs, tambours battans,
Recommencez votre exercice,
Et signalez tous vos talens.

Je n'ôte pas un pouce aux panaches des Dames,
Encor moins à ceux des maris.
Il faut qu'ils soient de loin apperçus par leurs femmes,
Afin que les Amans ne soient jamais surpris.
Revenons maintenant à la métamorphose,
Car c'est un point très-important.
Nouveau Législateur, je veux qu'en un instant,
D'après ce que je me propose,
Le code universel soit le jeu d'un enfant.

Je rajeunis la palme, & j'ouvre une autre lice.
Dans ma toute ſcience & pleine autorité,
Après m'être bien conſulté,
Je caſſe les vieux Corps & la vieille Milice.

JE licencie, & pour jamais,
Les reſpects, les ſoupirs, la timide tendreſſe;
Je recrute les indiſcrets,
Afin d'en conſerver l'eſpece.
Je proſcris toute paſſion
Qui pourra ſurvivre aux abſences;
Aux femmes, comme de raiſon,
J'interdis les longues défenſes,
Et veux qu'on ſonge à la moiſſon,
Le lendemain des eſpérances.
Je réforme, ſur-tout, ces profanes beautés,
Si biſarres dans leur allure,
Que d'imparfaites voluptés
Enlevent à l'amour, ainſi qu'à la Nature,
Qui fuit de leur boudoir à pas précipités;
Ces femmes ſoi-diſans, qui, par indépendance,
Dans leur ſexe iſolé concentrant leur deſir,
De la réalité ſaiſiſſent l'apparence,
Et laiſſent le bonheur pour l'ombre du plaiſir.

Je veux de francs ébats & des ardeurs solides.
Loin de ma Cour tous ces petits Pédans,
Aux sens éteints, aux cœurs arides,
Ces Narcisses de cinquante ans;
Idolâtrant jusqu'à leurs rides,
Les Rigoristes désolans,
Les Duegnes, les Surveillans,
Les Tuteurs & les Invalides.
J'abolis les brevets, bannis les Exacteurs.
Plus de maîtrises à Cythere;
Plus d'inconstans Jurés, plus de Jurés trompeurs.
Tout ce que je fais, moi, chacun pourra le faire
Sans gêne, sans contradicteurs.
Trompera, qui voudra. Liberté toute entiere,
Et ce sera, je crois, un profit pour les mœurs.

J'exige encor, pour réforme authentique.....
Que dis-je ?.... à quoi pensai-je ? & quel aveuglement!
Belle Zirphé, l'Amour est mauvais politique,
Et vous avez pitié de mon gouvernement.
D'ailleurs on exécute, alors que je projete.
J'annonce une reforme, elle étoit déja faite;
Car, pour me deviner, le François est charmant.

Hé bien, je vous remets les rênes de l'Empire.
J'abdique, vous regnez, & le Monde est soumis.
Les changemens vous seront tous permis.
Pour les faire adopter, vous n'aurez qu'à sourire.
Gouvernez mes Etats, afin qu'ils soient heureux.
Vous aurez, s'il survient quelques guerres nouvelles,
Les jeux pour combattans, les ris pour sentinelles,
Et mille Amans sur pied prompts à servir vos vœux.

Pleins de langueur, ou brillans d'étincelles,
Vos grands yeux si touchans les rendront amoureux;
Votre esprit fin & juste entretiendra leurs feux...
Et vous avez un cœur qui les rendra fidelles.

FIN.

ERRATA.

Page 11, *au lieu de* où opale, *lisez* où l'opale.

www.ingramcontent.com/pod-product-compliance
Ingram Content Group UK Ltd.
Pitfield, Milton Keynes, MK11 3LW, UK
UKHW021531260726
13993UKWH00004B/1919

9 782329 170473